El libro que canta

Nidos
para la
lectura

ALFAGUARA MR
INFANTIL

El libro que canta

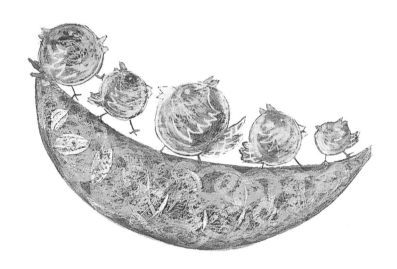

Vuelto a contar por YOLANDA REYES

Ilustraciones de Cristina López

ALFAGUARA^{MR}
INFANTIL

EL LIBRO QUE CANTA

D.R. © de los autores
D.R. © selección: Yolanda Reyes, 2005
D.R. © de las ilustraciones: Cristina López, 2005

D.R. © de esta edición:
Editorial Santillana, S.A. de C.V., 2013
Av. Río Mixcoac 274, Col. Acacias
03240, México, D.F.

Alfaguara Infantil es un sello editorial de **Grupo Prisa**, licenciado a favor de Editorial Santillana, S.A. de C.V.
Éstas son sus sedes:

ARGENTINA, BOLIVIA, CHILE, COLOMBIA, COSTA RICA, ECUADOR, EL SALVADOR, ESPAÑA,
ESTADOS UNIDOS, GUATEMALA, MÉXICO, PANAMÁ, PARAGUAY, PERÚ, PUERTO RICO,
REPÚBLICA DOMINICANA, URUGUAY Y VENEZUELA.

Primera edición en Santillana Ediciones Generales, S.A. de C.V.: abril de 2007
Primera edición con Editorial Santillana, S.A. de C.V.: mayo de 2013
Primera reimpresión: julio de 2013

ISBN: 978-607-01-1529-5

Diseño de la colección: Camila Cesarino
Composición de interiores y cubierta: Vicky Mora

Nidos para la lectura es una colección dirigida por
Yolanda Reyes para el sello Alfaguara Infantil.

Impreso en México

A los padres...

Dicen que en el comienzo está la palabra y es más exacto decir que son palabras poéticas las que envuelven al bebé. Desde antes de nacer, las primeras noticias del mundo le llegan en clave de arrullo y, aún sin tener un rostro, hay una voz que lo inventa en el rito de nombrarlo. Así se construye un nido de símbolos que acoge al recién nacido y que es su texto inicial de lectura.

Esas son las razones para que éste, el primer libro de la vida, sea un *libro que canta*. Para hacerlo cantar, se necesitan una madre, o un padre, y una criatura pequeña que escuche, toda oídos. Porque los bebés leen con las orejas, con la piel y con el corazón. Y los adultos son, para él, cuerpos que cantan y que escriben en su memoria la poesía más entrañable y significativa.

Leer, en la primera infancia, es una experiencia de vida. Lo que el bebé lee no es el sentido literal de las palabras sino sus ritmos y sus poderes mágicos para esperarlo, acunarlo, escribir en su cuerpo, cantar, contar y jugar con él. Desde las primeras nanas hasta aquellos "libros sin páginas" que los padres rescatan de sus recuerdos, el bebé recibe una herencia de palabras que marca su ingreso al mundo del lenguaje.

Para acompañarlo en ese despertar poético, el libro está organizado en diversos capítulos. El recorrido comienza con las primeras canciones que tararea la madre a su hijo en el vientre y recoge, paso a paso, toda esa poesía que crece con los bebés hasta que salen corriendo a jugar.

Cada palabra de este libro hará surgir muchas más. Todos tenemos las nuestras, inscritas en la memoria. Y cuando tenemos hijos, volvemos a escribirlas en los pliegues de sus brazos o en sus manos diminutas. Quizás no exista un mejor lugar para presenciar el nacimiento de la poesía.

YOLANDA REYES
Directora de la colección

Para Isabel y Emilio
Como antes, como siempre…

Esperar

Estás en ese mundo tuyo de agua,
sin tiempo y sin memoria.
No sé tu nombre ni tu sexo.
No sé cuándo vendrás, pero te espero.
No pienso en nada más,
de tanto que te espero.
Mientras pasan los días,
junto retazos de palabras y canciones.
¿Recordarás sus ritmos cuando vengas?
No importa: escucha su rumor y duerme.
Mi corazón te arrulla.

De los orígenes

Primero estaba el mar. Todo estaba oscuro.
No había sol ni luna ni gente ni animales ni plantas.
Sólo el mar estaba en todas partes.
El mar era la madre. Así, primero, estaba la madre.
Se llamaba Gaulchovang.

Indígenas Kogui

Niña de agua

[…]
No es que los días no estuvieran llenos
para la ternura siempre hay tiempo.
Ya está el rompecabezas amarrado
fue la pieza que andábamos buscando.
No viniste del frío ni la lluvia
llegaste del amor y de la luna…

Ana Belén y Víctor Manuel
Fragmento de canción

¿De dónde vienes, amor, mi niño?
De la cresta del duro frío.
¿Qué necesitas, amor, mi niño?
La tibia tela de tu vestido.
[...]
¿Qué pides, niño, desde tan lejos?
Los blancos montes que hay en tu pecho.
[...]
¿Cuándo, mi niño, vas a venir?
Cuando tu carne huela a jazmín.

Federico García Lorca
de *Yerma*

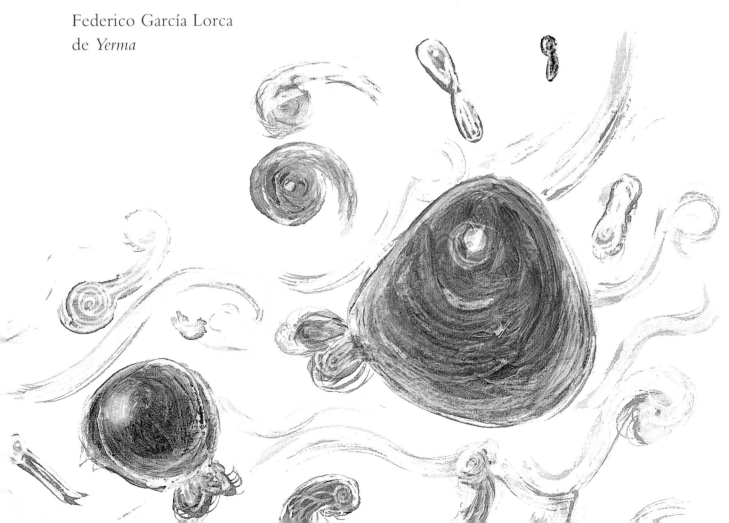

Preparativos

En largos meses de espera
la madre inventa a su hijo.
Teje que teje, lana y ovillo,
y otra carrera: ¡ya están las mangas!
Borda que borda, hilo y aguja,
borda su nombre mientras le canta.
Entre puntadas, trabaja y canta.
Hilvana sueños con esperanzas.

Yolanda Reyes

Cuentas

Las horas que tiene el día
las he repartido así:
nueve soñando contigo
y quince pensando en ti.

De la tradición oral

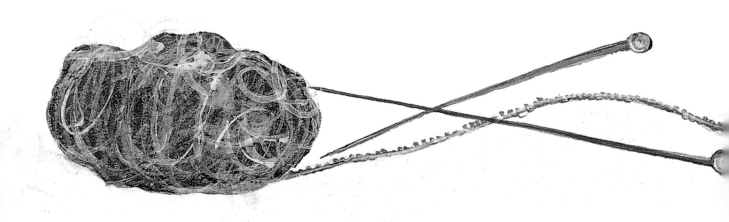

Para la dulce espera

Este niño pequeño
no tiene cuna
su padre es carpintero
que le haga una.

La cuna de mi niño
se mece sola
como en el campo verde
las amapolas.

De la tradición oral

Trabalenguas enamorado

Como sabes que te quiero
quieres que te quiera más.
Te quiero más que a mi vida,
¿qué más quieres, quieres más?

De la tradición oral

—¿Y qué nombre le pondremos, materile-rile-ro?
—Le pondremos mosca en leche, materile-rile-ro.
—Ese nombre no nos gusta, materile-rile-ro.
—Le pondremos estrellita, materile-rile-ro.
—Ese nombre no nos gusta, materile-rile-ro.
—Le pondremos esperanza, materile-rile-ro.
—Ese nombre sí nos gusta, materile-rile-ro.

De un viejo juego de infancia

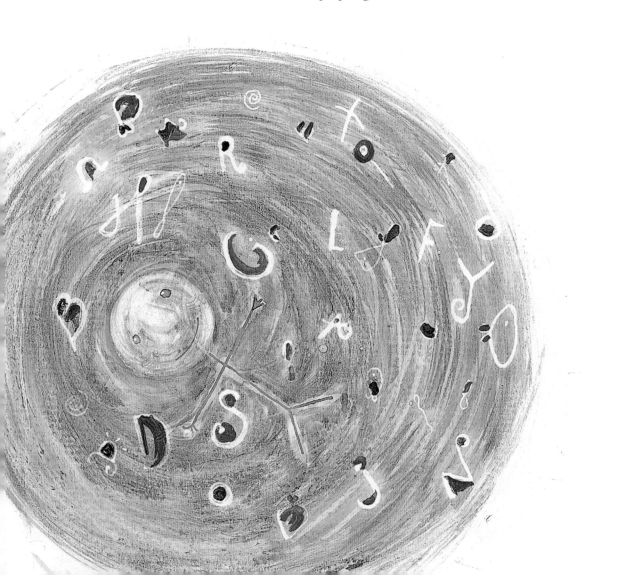

Indecisión

Se llamará Lucía, como su tía,
se llamará Simón, si es un varón.
Se llamará Mariana, si nace en la mañana,
se llamará José, si es al anochecer.

Tu rostro va cambiando en esta lista de papel:
Helena, Federico, Verónica, Gabriel,
María, Catalina, Jerónimo, Miguel…
No sé…¡Si al menos te pudiera ver!

Yolanda Reyes

Espacio para tu nombre:

_____

_____

_____

Érase un angelito
que del cielo bajó... ¡y bajó!
con sus alas extendidas
y en el pecho, una flor... ¡una flor!
de la flor, una rosa
de la rosa, un clavel... ¡un clavel!
del clavel, una niña
que se llama Isabel...¡Isabel!
Isabel yo me llamo
hija de un labrador... ¡labrador!
cuando voy por el campo
no le temo al sol... ¡al sol!

Juego de palmas

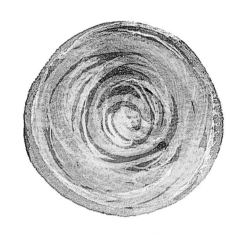

José se llamaba el padre,
Josefa la mujer
y el hijo que tenían
también se llamaba José...

Canción de nunca acabar de la abuela

Lección del mundo

Este es el cielo de azulada altura
y este el lucero y esta la mañana
y esta la rosa y esta la manzana
y esta la madre para la ternura.

Y esta la abeja para la dulzura
y este el cordero de la tibia lana
y estos: la nieve de la blancura vana
y el surtidor de líquida hermosura.

Y esta la espiga que nos da la harina
y esta la luz para la mariposa
y esta la tarde donde el ave trina.

Te pongo en posesión de cada cosa
callándote tal vez que está la espina
más cerca del dolor que de la rosa.

Jorge Rojas

1 Acoger y arrullar

Ya estás aquí. Mi voz te nombra.
Mi voz, como una barca,
se mece entre las luces y las sombras.
De corazón a corazón: sístole y diástole,
viene a tu cuna la voz de la memoria.
Para que vueles al país del sueño,
yo sigo aquí, cantándote...

Canciones de toda la vida

Duérmete mi niño
que tengo que hacer:
lavar los pañales,
hacer de comer.
Matar la gallina
y echarla a cocer,
llamar a tu taita
que venga a comer.

Eco en la noche de Barichara

Duérmete, niño chiquito,
que la noche viene ya
cierra pronto tus ojitos
que el viento te arrullará.

De un antiguo villancico

Nanas de ultramar

Tradición oral española

A la nana, niño mío,
a la nanita y haremos
en el campo una chocita
y en ella nos meteremos.

Tengo sueño, tengo sueño,
tengo ganas de dormir.
Un ojo tengo cerrado
y otro ojo a medio abrir.

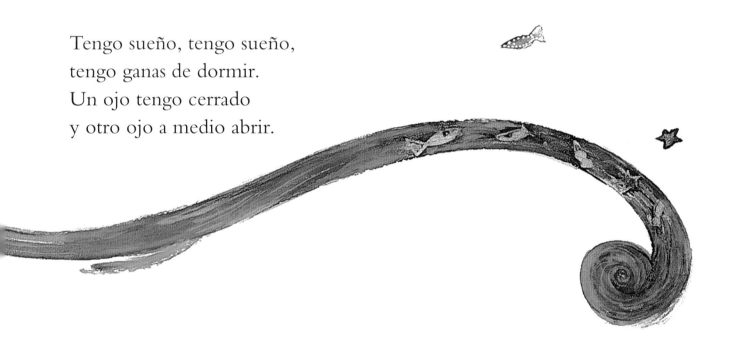

Si mi niño se durmiera,
yo le daría un regalito:
una piedrita de azúcar
envuelta en un papelito.

De otras tierras

Duérmete niñito
que tengo que hacer:
fregar y barrer
sentarme a coser…

Una camisita
que te voy a hacer
pa'l día de tu santo
te la has de poner.

San José y la Virgen
fueron a lavar
en piedritas de oro
y agua de azahar.

Duérmete niñito
que no está tu mama
se fue a lavar
desde la mañana.

Este niño lindo
se quiere dormir,
tiéndanle su cuna
en el toronjil.

Toronjil de plata,
torre de marfil,
cántenle a ese niño
que se va a dormir.

De una madre mexicana

Arrullo

Urrurrú, urrarrá,
que venga el coco
que venga ya.
Urrurrú, urrarrá.

Este niño lindo
se quiere dormir
y el pícaro sueño
no quiere venir.

Urrurrú, urrarrrá,
que venga el coco
que si él no viene
yo voy allá.

Duérmete mi niño
flor de batatá
eres tan lindo
como tu papá.

Urrurrú, urrarrá…

Canto de la Costa Pacífica

Arrullo del sillón

Mamá te está meciendo
al ritmo del sillón
mamá quiere que cierres
los ojos de un jalón.

Si logra que los cierres,
mamá descansará
y si ella también duerme,
mañana jugarán.

Mamá te está meciendo
al ritmo del sillón
mamá quiere que sueñes
y así, sueñan los dos.

Carmenza Botero

Nanas de todo el mundo

Arrurrú, mi niño
arrurrú, mi amor
duérmete pedazo
de mi corazón.

Este niño lindo
se quiere dormir
cierra los ojitos
y los vuelve a abrir.

Este niño lindo
que nació de día
quiere que lo lleven
a la dulcería.

Esta niña linda
que nació de noche
quiere que la lleven
a pasear en coche.

Manuscrito del fondo de nosotros

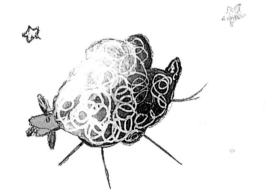

Receta para dormir

Para que el sueño venga, se recomienda
cerrar los ojos, contar ovejas,
oír el canto de las estrellas,
comer manzana con mejorana
y tomar agua de toronjil,
sentir que el viento mece la cama,
tocar la almohada con la nariz.

Para que el sueño venga y se quede quieto
toda la noche, cerca de ti,
pídele al mundo que haga silencio,
dile que el sueño quiere dormir.
Shhhh....

Yolanda Reyes

Arrullo

La noche está muy atareada
en mecer una por una,
tantas hojas.
Y las hojas no se duermen
todas.

Si le ayudan las estrellas...
Pero hay unas más ocultas;
pero hay unas hojas, unas
que entrarán nunca en la noche,
nunca.

(¿Dónde canta este país
de las hojas
y este arrullo de la noche
honda?)

Aurelio Arturo
(Fragmento)

Canción para la luna

Blanca tortuga,
luna dormida,
¡qué lentamente
caminas!

Federico García Lorca

Venus

Ábrete sésamo
del día.
Ciérrate sésamo
de la noche.

Federico García Lorca

El silencio

Oye, hijo mío, el silencio.
Es un silencio ondulado,
un silencio,
donde resbalan valles y ecos
y que inclina las frentes
hacia el suelo.

Federico García Lorca

2 Escribir en tu cuerpo

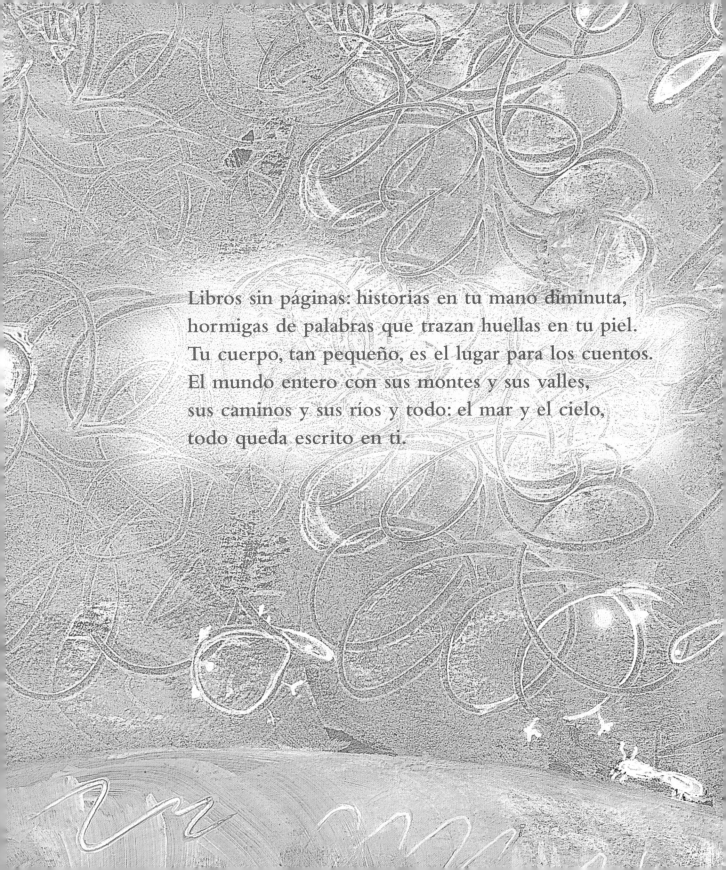

Libros sin páginas: historias en tu mano diminuta,
hormigas de palabras que trazan huellas en tu piel.
Tu cuerpo, tan pequeño, es el lugar para los cuentos.
El mundo entero con sus montes y sus valles,
sus caminos y sus ríos y todo: el mar y el cielo,
todo queda escrito en ti.

Libro sin páginas

–Mamá: cuéntame un cuento.
–Bueno, trae uno que te guste.
–No, yo quiero un libro sin páginas.
–¿Un libro sin páginas?
–Sí, uno de esos que tú me cuentas...

Del diario de Isabel

Para inventar en tus brazos, mientras te cambio

Cuando vayas a comprar carne
no compres ni por aquí...
ni por aquí... ni por aquí...
sino solamente por aquí.
¿Quieres que te lo vuelva a decir?

Juego tradicional

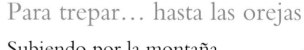

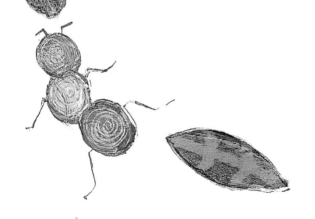

Para trepar... hasta las orejas

Subiendo por la montaña
una pulga me picó
la agarré por las orejas
¡qué pesar: se me escapó...!

De mi libro sin páginas

Caminitos de palabras

Esta era una hormiguita
que, de su hormiguero,
salió calladita
y se metió al granero,
se robó un triguito
y arrancó ligero.

Y así mientras cuento, recorro tus brazos.
Salgo de la mano, subo hasta tu cuello
y escribo esa historia que a mí me escribieron.
Se me había olvidado y ahora la recuerdo,
mientras voy diciendo:

Salió otra hormiguita
del mismo hormiguero
y muy calladita
se metió al granero,
se robó un triguito
y arrancó ligero...

Salió otra hormiguita...

Creación colectiva

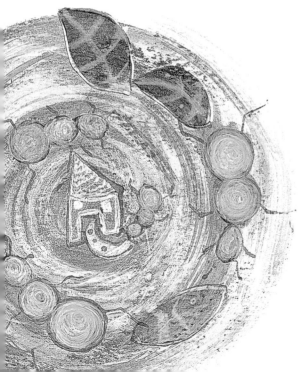

33

Historias mínimas

Para la nariz, los ojos,
la lengua y ¡el ombligo!

No es un botoncito
es una nariz,
¡ay que me la como!...
¡ya me la comí!

Patapatapum,
patapatapum,
qué lindos ojitos
los que tienes tú.

Del cancionero popular

Adivínate tú mismo

Dos niñas asomaditas
cada una a su ventana
lo ven y lo cuentan todo
sin decir una palabra.

Sí: tus ojos.

Adivinanza, adivinanza:
¿qué tiene el rey en la panza?

Sí: el ombligo.

Abro mis ventanas
cierro mis ventanas
toco el timbre
y sale doña Juana.

Pistas: los ojos son las ventanas,
el timbre es la nariz
y doña Juana es la lengua.

De la tradición oral

Cuentos de mano en mano

De la tradición oral

Saco mis manitas,
las pongo a bailar,
las abro, las cierro
y las vuelvo a guardar.

Este compró un huevito,
este lo cocinó,
este lo peló,
este le echó la sal
y este pícaro gordo
¡se lo comió!

Tiene mi manita
cinco pollitos
duermen todos juntos
en este nidito.

Al centro, el dedo gigante;
afuera, los enanitos;
entre los tres, el que señala,
y a su lado, el del anillo.

Los cinco

Este es el dedo chiquito
y bonito; al lado de él
se encuentra el señor de los anillos,
luego, el mayor de los tres.
Este es el que todo lo prueba,
y sobre todo la miel.
–¿Y este más gordo de todos?
–Este, el matapulgas es.

Amado Nervo

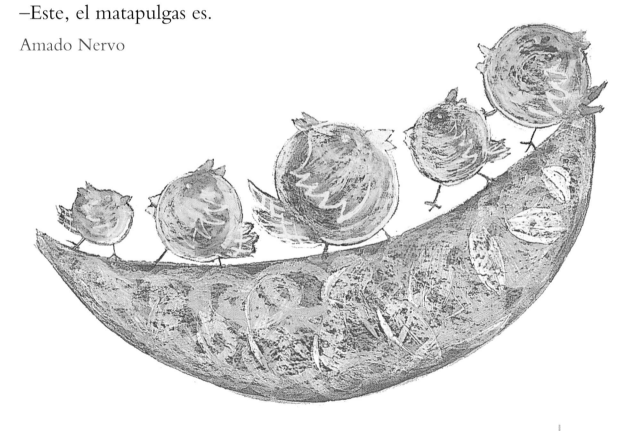

Diálogo encerrado en el puño

—¿Esto qué es?

—Un pumpuñete.

—¿Y esto qué es?

—Una cajita.

—¿Y qué tiene la cajita?

—Una cucarachita.

—¿Y qué se hizo la cucarachita?

—Se la comió la gallina.

—¿Y dónde está la gallina?

—Se fue a poner el huevo.

—¿Y dónde está el huevo?

—Se lo comió el cura.

—¿Y dónde está el cura?

—Diciendo la misa.

—¿Y dónde está la misa?

—¡Se la llevaron los ángeles al cielo!

De la memoria de mi abuela

Bálsamos de palabras

Sana que sana
rabito de rana,
si no sana hoy
sanará mañana.

(Y si no sana mañana,
será pasado mañana).

—¿Ya va pasando?
—¡Nooo!

Sana que sana
colita de gato,
si no sana hoy
sanará en un rato.

—¿Todavía no pasó?
—¡No, nooo!

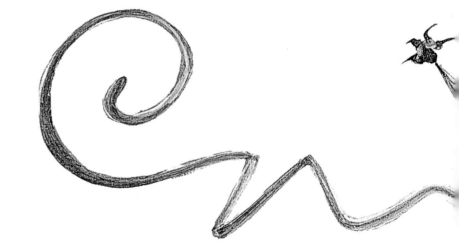

Palomita sentadita
en la rama del verde limón,
con el pico, pica la hoja,
con el pico, pica la flor.
¡Ay, dolor!

—¿Lo ves?
¡Pasó!

De la sabiduría popular

Para bañarse

Pimpón es un muñeco
muy lindo de cartón
se lava la carita
con agua y con jabón.
Pimpón siempre se peina
con peine de marfil
y aunque se haga tirones
no llora ni hace así.
Pimpón, dame la mano
con un fuerte apretón
que quiero ser tu amigo
Pimpón, Pimpón, Pimpón.

Canción tradicional

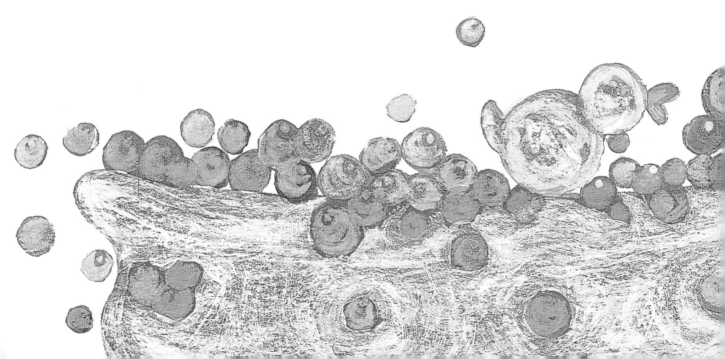

Para peinarse

En coche va una niña, carabí,
en coche va una niña, carabí,
hija de un capitán, carabilulí, carabilulá,
hija de un capitán, carabilulí, carabilulá.
Qué hermoso pelo tiene, carabí,
qué hermoso pelo tiene, carabí,
quién se lo peinará, carabilulí, carabilulá,
quién se lo peinará, carabilulí, carabilulá.
Lo peinará la reina, carabí,
lo peinará la reina, carabí,
con mucha suavidad, carabilulí, carabilulá,
con mucha suavidad, carabilulí, carabilulá.
Con peinecitos de oro, carabí,
con peinecitos de oro, carabí,
y horquillas de cristal, carabilulí carabilulá,
y horquillas de cristal, carabilulí carabilulá.

Canción tradicional

Con la comida sí se juega... *a veces*

Recetas tradicionales

Para amasar

Arepitas, arepitas
pa' las ánimas benditas

Arepitas de maíz tostado
para papito que no ha almorzado
arepitas de maíz con queso
para mamita que quiere un beso.

Tortas, tortitas
tortitas de maíz
con mucha azúcar blanca
y granitos de anís.

Cucharaditas

Esta, por la mamá,
esta, por el papá,
esta, por el abuelo
y esta, por la abuelita.

Y esta, por Caperucita,
que lleva unas tortas en su canastica.
Y esta, por Ricitos de Oro,
que probó la avena de los tres ositos.
Y ya no más cuentos…
¡abre bien la boca y tómate la sopa!

Conversación de todas las casas

De postre

Naranja dulce
limón partido
dame un abrazo
que yo te pido.

Palabras de boca en boca

¡Alegrías!…
con coco y anís
cómpreme a mí
que vengo del barrio
de Getsemaní.

Pregón cartagenero

3 Jugar por jugar

Has dejado de estar quieto
y el mundo parece agrandarse contigo.
En el comienzo bastamos tú y yo...
y el tope, tope, tun era muy lejos...
Pero de pronto quieres cabalgar
hacia países más lejanos.
Tus pies y tu imaginación no se detienen.
¡Más rápido, más rápido!
Corre que te pillo, corre que te alcanzo.
Espera, mi amor...
que a veces me canso.

Al vaivén... entre tú y yo

Nos acercamos,
nos alejamos.

Tope, tope
tope, tun.

Nos escondemos,
nos encontramos.

Tope, tope
tope, torope.

Vete, pero vuelve,
piérdete, pero encuéntrame.

Tope, tope, tope, tun
tope, tope, tope, tun.

Tú y yo somos dos...
Tú y yo somos uno.

Juego de todas las infancias

Aserrín, aserrán

Aserrín, aserrán
los maderos de San Juan
piden pan, no les dan,
piden queso, les dan hueso.
Los de roque, alfandoque,
los de rique, alfandique,
los de triqui, triquitrán.
¡Triquitriqui, triquitrán!

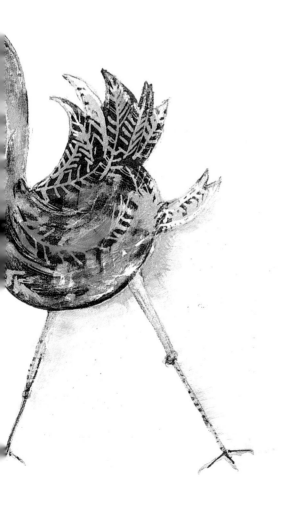

Aserrín, aserrán
los maderos de San Juan
piden queso, piden pan
pero a mí... no me dan.
Triquitriqui, triquitrán,
¡que te pica el alacrán!

De la memoria poética

49

Caballitos… en las piernas de papá

Corre, corre, caballito,
corre, corre, sin parar,
corre, corre, que en el campo
te veremos galopar.

Al paso, al trote, al galope…
Rápido, rápido, rápido…

Corre, corre, caballito,
corre, corre, sin parar,
corre, corre, que en el campo
te veremos descansar.

Al galope, al paso, al trote…
Más despacio, más despacio…
Este caballito

quiere descansar,
ico, ico, ico,
vamos a parar.

¡Ya llegamos!
Está bien: última vez.

Los señores montan
paso, paso, paso
y los caballeros
trote, trote, trote
y los montañeros...
galope, galope, galope.

Ahora sí llegamos:
el caballo está rendido.

Juegos de nunca acabar

Primeras rondas

De la tradición oral

A la rueda rueda
de pan y canela
dame un besito
y vete pa' la escuela.
Si no quieres ir,
acuéstate a dormir.

El patio de mi casa
es particular
cuando llueve se moja
como los demás.
Agáchate niña
y vuélvete a agachar
que las agachaditas
no aprenden a bailar.

Agua de limones
vamos a jugar
y el que quede solo
solo quedará.
¡Hey!

El puente

El puente rueda,
se está cayendo,
los niños de la escuela
lo están componiendo.
Que pase el rey,
que ha de pasar,
que alguno de sus hijos
se ha de quedar.

Campanita de oro,
déjame pasar,
con todos tus hijos
menos el de atrás.

Para jugar a asustarnos

Juguemos en el bosque
mientras el lobo no está.
—¿Lobo, estás?
—Me estoy levantando.

Juguemos en el bosque
mientras el lobo no está.
—¿Lobo, estás?
—Me estoy bañando.

Más vueltas da la rueda.
El lobo, mientras tanto,
se viste muy despacio.
Se pone la camisa,
se pone el pantalón.
Preguntas y respuestas...
se ajusta el cinturón.

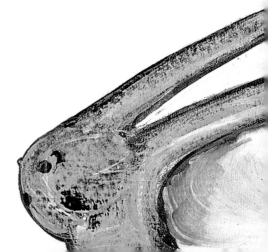

Juguemos en el bosque
mientras el lobo no está.
—¿Lobo, estás?
—Estoy buscando la llave.

Juguemos en el bosque...
—Estoy abriendo la puerta...

Juguemos en el bosque...
—Ya casi... tengo miedo.

—Ya sale...
—¡Me atrapó!

Juego de todos los niños

Ronda de la pájara pinta

Estaba la pájara pinta
sentadita en su verde limón,
con el pico cortaba la rama,
con la rama cortaba la flor.
¡Ay, ay, ay!
¿Cuándo vendrá mi amor?

Me arrodillo a los pies de mi amante,
me levanto, constante, constante.
Dame la mano, dame la otra,
dame un besito sobre la boca.
Daré la media vuelta,
daré la vuelta entera,
con un pasito atrás
haciendo la reverencia.
Pero no, pero no, pero no,
porque me da vergüenza.
Pero sí, pero sí, pero sí,
porque te quiero a ti.

De la memoria poética

La Marisola

Estaba la Marisola
sentada en su vergel
abriendo la rosa
cerrando el clavel.

—¿Quién es esa gente que pasa por ahí
que ni de día ni de noche nos deja dormir?
—Somos los estudiantes que vamos a estudiar
a la capillita de la virgen del Pilar.

Plato de oro, orillo de cristal,
que se quiten, que se quiten
de la puerta principal.

Del solar de los abuelos

Para llevar el ritmo con una piedrita

A la lata, al latero,
a la hija del chocolatero.
Al pin, al pon,
a la hija del Conde Simón.

Mientras don Ramón trabaja
Periquín jugando está,
al compás que va llevando
con su triquitriquitrán.

Juegos tradicionales

Ronda de los oficios

Sobre el puente de Aviñón
todos bailan, todos bailan,
sobre el puente de Aviñón
todos bailan y yo también.

Hacen así, así las lavanderas
hacen así, así me gusta a mí.

Sobre el puente de Aviñón
todos bailan, todos bailan,
sobre el puente de Aviñón
todos bailan y yo también.

Hacen así, así las costureras
hacen así, así me gusta a mí.

Sobre el puente de Aviñón
todos bailan, todos bailan...

Hacen así, así los zapateros
hacen así, así me gusta a mí..

De la tradición oral

De noche

De noche, mira, un jardín
cualquiera –mustio, pequeño–
parece un bosque sin fin
–un hondo bosque de sueño.

Sin duda te perderías
si te fueras por allá
entre esas hojas sombrías
–donde la luna no da.

Todo tan distinto, ves,
tan sereno, tan callado.
Es otro lugar tal vez
el mismo jardín de al lado.

Eliseo Diego

4 Contar y nunca acabar

De los dedos de tu mano a los pasos de tus pies,
ya sabes contar hasta diez y hasta veinte...
al derecho y al revés.
Has aprendido también que todo en la vida se
puede contar y cantar.
Las historias no se acaban. Las palabras te
acompañan: una y otra, y otra vez.
Ya lo sabes: si los cuentos son muy largos,
mamá y papá no se van.
¿Será por eso que quieres
que siempre vuelva a empezar?

Matemática para principiantes

Uno y dos y tres indiecitos,
cuatro y cinco y seis indiecitos,
siete y ocho y nueve indiecitos,
diez indiecitos son.

¿Nos devolvemos?

Diez y nueve y ocho indiecitos,
siete y seis y cinco indiecitos,
cuatro y tres y dos indiecitos,
un indiecito es...

¿Quieres que empiece otra vez?

Uno y dos y tres indiecitos...

De la tradición oral

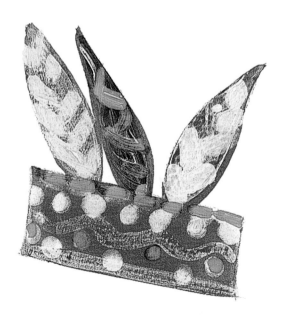

Tengo una muñeca

Tengo una muñeca vestida de azul
con su camisita y su canesú.
La llevé a paseo
se me resfrió
la puse en la cama
con mucho dolor.
Esta mañanita
me dijo el doctor
que le dé jarabe
con un tenedor.

Dos y dos son cuatro,
cuatro y dos son seis,
seis y dos son ocho
y ocho, dieciséis
y ocho, veinticuatro
y ocho, treinta y dos,
estas son las cuentas
que he sacado yo.

Canción de mi infancia

Juegos de sorteo... *para que salgas tú*

Creaciones colectivas

La gallina colorada
puso un huevo
en la enramada.
Puso uno, puso dos,
puso tres, puso cuatro,
puso cinco, puso seis,
puso siete y puso ocho.

Pan y bizcocho
para el perro mocho,
palos y palos
para los caballos.
Tú, tú, tú,
para que salgas tú.

Manzanita del Perú,
¿cuántos años tienes tú?
Uno, dos, tres, cuatro...

La naranja se pasea
de la sala al comedor
no me mates con cuchillo
sino con tenedor.

Tin marín, de do pingüé
cúcara mácara, títere fue,
ese marrano cochino fue
con la varita de San José.
Anillo, pulsera,
sale, queda...

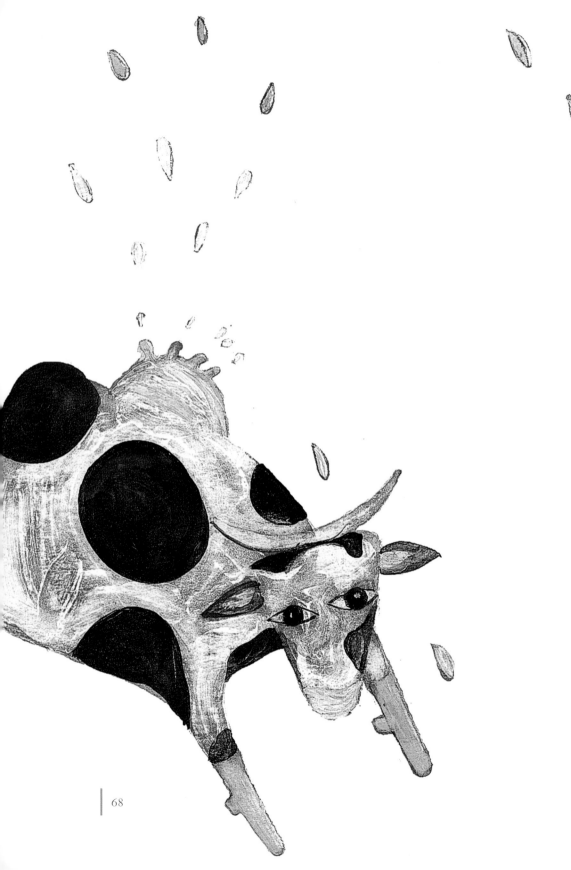

Conversación

–Y si no llueve, ¿qué pasa?

–Que se seca el pasto.

–Y si se seca el pasto, ¿qué pasa?

–Que las vacas no comen.

–Y si las vacas no comen, ¿qué pasa?

–Que no dan leche.

–Y si no dan leche, ¿qué pasa?

–Que no podemos hacer arequipe.

–Y si no podemos hacer arequipe, ¿qué pasa?

–Que no podemos comer obleas.

–Y si no podemos comer obleas, ¿qué pasa?

–Que papá se pone a llorar.

–Y si papá se pone a llorar, ¿qué pasa?

–Que se inunda nuestra casa.

–Y si se inunda nuestra casa, ¿qué pasa?

–Que nos morimos todos.

–Y si nos morimos todos, ¿qué pasa?

–Que nos volvemos angelitos.

–Y si nos volvemos angelitos, ¿qué pasa?

–Que salimos volando, volando al cielo...

Dos niños y su mamá, en un mes sin lluvia

Retahílas

Cucú, cucú,
cantaba la rana.
Cucú, cucú,
debajo del agua.
Cucú, cucú,
pasó un caballero.
Cucú, cucú,
con capa y sombrero.
Cucú, cucú,
pasó una señora.
Cucú, cucú,
con falda de cola.
Cucú, cucú,
pasó un marinero.
Cucú, cucú,
vendiendo romero.
Cucú, cucú,
le pedí un ramito.
Cucú, cucú,
no me quiso dar.
Cucú, cucú,
me puse a llorar.

De la tradición oral

En Pamplona

En Pamplona hay una plaza
en la plaza hay una esquina
en la esquina hay una casa
en la casa hay una pieza
en la pieza hay una mesa
en la mesa hay una jaula
en la jaula hay una estaca
en la estaca hay una lora
en la lora hay una pata
en la pata hay una uña
en la uña hay una nigua.

Y ahora, de regreso.

La nigua en la uña
la uña en la pata
la pata en la lora
la lora en la estaca
la estaca en la jaula
la jaula en la mesa
la mesa en la pieza
la pieza en la casa
la casa en la esquina
la esquina en la plaza
la plaza en Pamplona.

De la prodigiosa memoria de mi abuela

Antiguas letanías

Para el invierno

San Isidro, labrador,
quita el agua y pon el sol
que el domingo voy a misa
y te rezo una oración.

Sol, solecito,
caliéntame un poquito
por hoy, por mañana,
por toda la semana.

Luna, lunera,
cascabelera,
cinco pollitos
y una ternera.

Caracol, caracol,
saca tus cuernos
al sol.

De la tradición oral

O para el verano

San Isidro,
barbas de oro,
ruega a Dios
que llueva a chorros.

Que llueva, que llueva,
la vieja está en la cueva,
los pajaritos cantan,
las nubes se levantan.
Que sí, que no,
que caiga un chaparrón.

Agua, san Marcos,
rey de los charcos,
para mi triguito
que está muy bonito,
para mi melón
que ya tiene flor,
para mi sandía
que ya está florida.
Que sí, que no,
que caiga un chaparrón.

De la tradición oral

Historias de amor

Se va, se va la barca
se va con el pescador
el lunes por la mañana
se va también mi amor.
Me levanto tempranito,
me voy a la orilla del mar
a preguntarles a las olas
si es que lo han visto pasar.
Las olas me responden
que sí lo vieron pasar
con un ramito de flores
prendido en el ojal.
Si el cielo fuera tinta
y el suelo fuera papel,
le escribiría una carta
a mi querido Manuel.

Del cancionero popular

Arroz con leche
me quiero casar
con una señorita
de la capital,
que sepa coser,
que sepa cantar,
que sepa abrir la puerta
para ir a jugar.
Yo soy la viudita
del Conde Laurel,
me quiero casar
y no sé con quién.
Con esta sí,
con esta no,
con esta señorita
me caso yo.

Del cancionero popular

Conjuro

No olvides nunca
que tienes la llave mágica
para nombrar la poesía.

Y que ella, envuelta
en el canto de estos días,
vendrá para quedarse…

Y te arrullará toda la vida.

Yolanda Reyes

Noticia de los poetas que cantan en este libro

En las páginas de *El libro que canta* habita la memoria oral de muchos hombres y mujeres que nos precedieron y que nos fueron labrando un cauce de palabras. Ese cauce, que recibimos al nacer y que transformamos entre todos, es nuestra herencia poética. Y cuando una madre le canta a su hijo o cuando alguien crea un poema, se va sumando su voz al coro de la memoria.

Quizás porque la poesía late en el fondo de la memoria, muchas de estas palabras vienen de mi infancia. No recuerdo cuándo las aprendí, pero cada vez que las canto vuelvo a oír las voces de mis abuelas, tan nítidas y tan vivas, como si estuvieran aquí. Esas voces, que el tiempo no puede quitarnos, nos hacen sentir siempre en casa: envueltos y resguardados en un nido de palabras.

Junto a esos antiguos "libros sin páginas", se intercalan las voces de otros poetas más recientes. Ellos son, en orden alfabético:

Ana Belén y Víctor Manuel. Cantautores españoles. Víctor Manuel compuso la canción *Niña de agua* y Ana Belén la canta. Generosamente nos cedieron unos versos de este hermoso poema, que ojalá haga parte del cancionero de la espera.

Aurelio Arturo (1906 -1974). Poeta colombiano. En su breve libro, *Morada al Sur*, se escucha el murmullo del viento que mece las hojas y que nos envuelve en el arrullo de este país que canta.

Carmenza Botero (1962). Pedagoga musical colombiana, amiga, compañera y directora del *Grupo Malaquita*. Su *Arrullo del sillón* fue compuesto especialmente para ese grupo que se dedica a formar en los niños el gusto por la música y la poesía.

Eliseo Diego (1920-1994). Poeta cubano. Fue, además, pedagogo y director de bibliotecas infantiles. Su poema *De noche*, hallado en un entrañable librito que publicó para niños, recoge la esencia de esos jardines secretos que pueblan toda infancia.

Federico García Lorca (1898-1936). Poeta español. En su poesía late el legado musical de Andalucía. García Lorca, quien se nutrió de la tradición oral y se dedicó a recoger viejas nanas, decía que el niño "es un creador que posee un sentido poético de primer orden".

Amado Nervo (1870-1919). Poeta mexicano representante del modernismo. De entre su poesía, rescaté este pequeño poema de *Los cinco*, para escribir en los dedos de un bebé, junto con esas típicas rimas que circulan de mano en mano.

Jorge Rojas (1911-1995). Poeta colombiano, del movimiento Piedra y Cielo. Su *Lección del mundo* recoge esa mezcla de emociones que sentimos los adultos mientras compartimos el asombroso despertar de nuestros pequeños a la vida.

Esta obra se terminó de imprimir en julio de 2013
en los talleres de Editorial Impresora Apolo, S.A. de C.V.
Centeno 150-6, Col. Granjas Esmeralda,
C.P. 09810, México, D.F.